CB079177

O PAPAI É POP 2

2

PIANGERS

O PAPAI É POP 2

DE NOVO! DE NOVO! DE NOVO!

CRÔNICAS

Belas Letras · L&PM POCKET

Coleção **L&PM** POCKET, vol. 1248

Texto de acordo com a nova ortografia.
Publicado pela Editora Belas Letras em formato 14 x 21cm em 2016

Este livro foi publicado mediante acordo de parceria entre a Editora Belas Letras e a L&PM Editores exclusivo para a Coleção **L&PM** POCKET

Primeira edição na Coleção **L&PM** POCKET: maio de 2017

Editor: Gustavo Guertler
Coordenação editorial: Fernanda Fedrizzi
Revisão: Germano Weirich e Mônica Ballejo Canto
Capa e projeto gráfico: Celso Orlandin Jr.
Foto: Giselle Sauer

Dados Internacionais de Catalogação na Fonte (CIP) Biblioteca Pública Municipal Dr. Demetrio Niederauer, Caxias do Sul, RS

P581p

Piangers, Marcos
O papai é pop 2 / Marcos Piangers. Caxias do Sul: Belas Letras; Porto Alegre: L&PM, 2017.
128 p.; 18 cm – (Coleção L&PM POCKET; v. 1248)

ISBN 978-85-254-3588-0

1. Literatura brasileira - Crônicas. 2. Paternidade. I. Título.

17/31 CDU: 821.134.3(81)-92

Copyright © Marcos Piangers, 2016
Todos os direitos desta edição reservados à Editora Belas Letras

Editora Belas Letras Ltda.
Rua Coronel Camisão, 167 – 95020-420
Caxias do Sul – RS – Brasil / Fone: 54.3025.3888
www.belasletras.com.br

L&PM Editores
Rua Comendador Coruja, 314, loja 9 – Floresta – 90220-180
Porto Alegre – RS – Brasil / Fone: 51.3225.5777 – Fax: 51.3221.5380
Pedidos & Depto. comercial: vendas@lpm.com.br
Fale conosco: info@lpm.com.br
www.lpm.com.br

Impresso no Brasil
2017

COLE UMA FOTO
3X4 DO SEU PAI

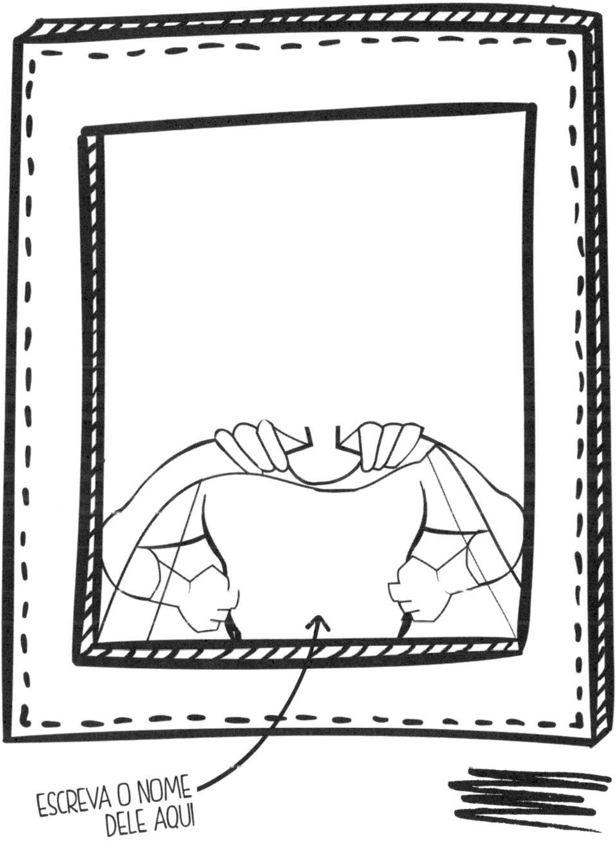
ESCREVA O NOME
DELE AQUI

FAÇA SUA
ÁRVORE
GENEALÓGICA

ESCREVA AQUI NESTES BALÕES OS MOMENTOS MAIS LEGAIS QUE VOCÊ PASSOU COM SEU PAI. AQUELES QUE VOCÊ PEDIRIA "DE NOVO!" PARA SEMPRE.

AGORA PEÇA PARA O SEU PAI RELEMBRAR TAMBÉM OS MOMENTOS MAIS FELIZES QUE ELE PASSOU COM O PAI DELE QUANDO ERA CRIANÇA.

SUMÁRIO

"Um homem chegou aos 40 anos e assumiu a tristeza de não ter um filho. Estava sozinho, os seus amores haviam falhado e sentia que tudo lhe faltava pela metade, como se tivesse apenas metade dos olhos, metade do peito e metade das pernas, metade da casa e dos talheres, metade dos dias, metade das palavras para se explicar às pessoas."

Valter Hugo Mãe, *O filho de mil homens*

IN TRO DU ÇÃO

2

POR ELOISA PIANGERS

Quando o Marcos nasceu eu não tinha um homem pra segurar a minha mão na hora do parto, mas tinha um monte de amigas. Éramos meio que uma confraria de jovens mulheres morando na mesma cidade, tentando ganhar a vida como nutricionistas numa época em que o *fast-food* ganhava cada vez mais adeptos. O nascimento do Marcos foi uma festa pro grupo. Todas me ajudavam a dar banho, trocar fralda, fazer aquele bebezinho dormir.

Ele me acompanhava pra todo lado. Com dois meses a gente ia jantar em grupo, mas eu era obrigada a chegar cedo na pizzaria, porque na época o cigarro era liberado em ambientes fechados. Quando a turma da fumaça chegava, meu grupo, eu e meu pimpolho estávamos pagando a conta. O

Marcos ia em todos os eventos que eu ia. Reuniões de trabalho, festas de aniversário de amigos. Ele foi crescendo e virando o xodó da turma. Dançava músicas do Michael Jackson enquanto a mulherada batia palma. Era como um Clube das Mulheres, onde o único homem tinha apenas três anos.

Mas nem tudo era festa. Minha mãe e meu pai queriam que eu tivesse abortado. Até os dois anos de idade o Marcos não tinha sido aceito pelos avós. Uma das minhas amigas insistiu pra apresentá-lo pros meus pais. Viajei seis horas e fui recebida com uma raiva inexplicável: "O que tu tá fazendo aqui? Quem te deu autorização pra vir aqui? Te arranca daqui!". Mães solteiras não são aceitas.

O Marcos tinha quase quatro anos quando a minha família aceitou totalmente a ideia de eu ter um filho. Isso só aconteceu quando eu apareci com um namorado. Uma mãe só seria aceita se tivesse um marido. Isso faz mais de 30 anos. As coisas parecem ter melhorado, mas tenho a impressão de que ainda é assim em algumas famílias.

Queria que meus pais pudessem ver a pequena revolução que o livro do Marcos causou. Esses dias, em um restaurante, a garçonete veio me dizer como o livro mudou a vida do irmão, que deixou de ser um pai ausente para participar da vida do filho. Todos os dias recebemos mensagens de carinho, de mães que se identificam com a minha história, de pais que decidiram ser mais presentes por causa do livro. Crianças, mulheres, senhores, todos emocionados com as histórias das minhas netas. Milhares de reais doados para instituições de caridade. Queria que meus pais pudessem ver tudo isso.

Pra escrever esse texto, eu e meu filho conversamos bastante. Lembramos do dia do parto, eu rodeada de amigas. Dos primeiros anos afastados do resto da minha família. Das festas em que o Marcos ia comigo e acabava virando o mascote. De quando dei pra ele um gravador de fita cassete e ele adorava se gravar, como se estivesse em um programa de rádio. De quando ele ficou adolescente e a gente brigava. De quando minha mãe morreu. De quando eu fiquei em coma depois de um acidente de carro. De quando eu descobri o câncer.

Quando ele me perguntou se eu sinto saudade de alguma coisa, eu disse que não. Eu me sinto absolutamente bem resolvida. Apenas posso dizer que, de vez em quando, tenho saudade de uma pessoa.

Meu pai.

"Senhoras e Senhores. Eu estou hoje na frente de vocês porque nunca parei de me deslumbrar, como uma criança de oito anos de idade indo para a escola em uma manhã de primavera. Tudo é capaz de me fazer parar e olhar e me encantar e, às vezes, aprender. Eu sou um homem muito feliz."

Kurt Vonnegut, *Cat's Cradle* (1963)

Para Eloisa Piangers.
Para Ana Emília, Anita e Aurora.
E para todas as mães solteiras.
Obrigado!

APROVEITE AGORA

VOCÊ, QUE ACABOU DE DESCOBRIR que vai ter um filho. A melhor coisa que alguém pode te dizer, neste momento, é: "Parabéns, cara. Espero que tudo seja incrível. Espero que você tenha tempo pra aproveitar tudo de perto". É isso que desejo pros meus amigos. Desejo isso pra mim mesmo. Ter tempo para seus filhos é uma fortuna. A pior coisa que alguém pode dizer é: "Prepare-se! Aproveite pra dormir agora! Depois de ter filho você não vai conseguir!".

Existem crianças que realmente choram muito, estão sempre com fome, têm cólicas. Mas são exceções. A maioria delas alterna um soninho gostoso (daqueles que dá vontade de ficar olhando) com noites eventuais de choro e reclamação. Mas, cá entre nós: quantas noites você virou acordado bebendo com os amigos? Ou quantas noites ficou acordado estudando? Ou vendo bobagem no Facebook?

Existem momentos chatíssimos na paternidade; um jogo de tabuleiro com uma menina de três anos, por exemplo. Você joga o dado. Dá cinco. Ela leva cerca de vinte minutos para contar as bolinhas pretas do dado. "Cinco! Vamos logo, filha!", você sentirá vontade de gritar. Então, ela segura a sua peça e vai pulando casas e tentando contar. "Um...", e pula duas casas. "Quatro..." e pula duas casas. "Oito!", e coloca a peça no meio do tabuleiro, em um espaço que nem faz parte do trajeto.

Noites em claro, cocôs em restaurantes, choros incessantes enquanto você está dirigindo. Esses são os piores momentos. E, também, os melhores. Cada noite maldormida vai te transformar em um herói. Cada noite em claro é um sorriso que você recebe, uma mãozinha segurando seu dedo. Cada fralda suja é uma chance de você fugir de uma conversa chata. Cada vez que você acalma o choro do seu filho, sente-se um encantador de bebês. Você se sente pronto pra cuidar de dez crianças. Você se sente imbatível.

Danem-se as noites de sono. Espero que tudo seja incrível. Espero que você tenha tempo pra aproveitar tudo de perto. É isso que desejo para os meus amigos.

NÃO MUDARIA NADA

UMA VEZ EU FUGI DE CASA. Fiquei uma semana com amigos pegando carona e dormindo em praias. Deixei um recado na mesa da cozinha: "mãe, fugi". Eu fumei cigarro na faculdade, pra parecer durão. Com as mãos fingia uma naturalidade, a garganta toda arranhada. Vontade de tossir monstra. Eu andava com as calças largas demais e minha cueca estava sempre aparecendo. Isso deixava minha mãe maluca. Décadas depois, todos os *rappers* andavam com as cuecas aparecendo. De alguma forma, aquilo virou moda. Pro desgosto da minha mãe.

Eu namorei uma menina por algum tempo. Ela ficou triste quando acabou nosso lance. Eu achava que ia casar com ela, mas não rolou. Depois, namorei outra menina. Ela era linda e eu fiquei muito triste quando acabou nosso lance. Eu chorei, porque achava que ia casar com ela. Mas não rolou. Então, conheci outra menina e ficamos juntos pela primeira vez em um Dia dos Namorados. Você tem que valorizar uma coisa dessas. Logo, estava morando com ela. Essa menina é a sua mãe, Anita. Quando descobrimos que você viria, choramos os dois, meio de alegria e meio de medo. Nossa vida ia mudar.

E mudou. Pra uma infinidade de melhoramentos.

Um taxista me disse esses dias que se arrepende de não ter topado um trabalho em uma cidade do interior. "Minha vida ia ser melhor. Hoje eu estaria rico." Uma vez, um amigo disse que se arrependia do curso que escolheu na faculdade. "Não consigo emprego." Ouvi um cara lamentando no rádio que teve a chance de ser sócio de uma empresa que hoje vale milhões. "Minha vida teria mudado!"

Eu não mudaria nada na minha, Anita. Não deixaria de fugir, aquela vez. Não deixaria de namorar quem namorei. Não escolheria outro trabalho, nem outra esposa, nem outra cidade. Manteria todos os meus erros, e os acertos. Até o dia em que você nasceu. Pra que você nascesse assim como nasceu. Igualzinha, de acordo com as imprevisibilidades genéticas. Com seus dentinhos tortos e seus olhos grandes. Com sua doçura e suas opiniões.

Depois, eu continuei errando. E me arrependendo dos meus erros e escolhas, mas não os mudaria. Porque, então, veio a sua irmã e deu sentido a todos os erros. Não mudaria nada. Pra que tudo acontecesse no dia e na hora certa. Pra que vocês fossem exatamente como são. Não mudaria nada. Nem meus erros. Nem minhas falhas. Nem meus fracassos. Pra que vocês fossem iguaizinhas. E dessem sentido a tudo.

Trocar a fralda é o básico

Pai que é pai troca fralda. Óbvio. Aborrecem-me essas pessoas que me perguntam: "Mas você é pai de verdade? Troca a fralda dos filhos e tudo?". Eu me sinto em 1955. Só de existir essa pergunta a gente já vê que está tudo errado. Trocar a fralda é o básico. Dar banho é o básico. Colocar pra dormir é o básico. Acordar de madrugada é o básico. Dar comida de colher fazendo aviãozinho é o básico. É o básico do básico. Do básico.

Quero ver pai faltar ao trabalho pra ficar com os filhos. Sair mais cedo do trabalho pra pegar os filhos na creche. Faltar na cerveja com os amigos. Não comparecer ao amigo-secreto do escritório porque o filho está com dor de garganta. Levar os filhos pro trabalho em um dia de reunião importante. Dizer não pra uma promoção porque precisa ficar mais tempo com os filhos. Trocar a fralda é fácil.

Quero ver abrir mão da sua vida por causa de outra pessoa. Quero ver dar dinheiro, tempo, sonho, amigos, juventude, todos os seus preciosos dias pra uma outra pessoa, pra que ela seja melhor. Pra que o mundo seja melhor com ela. Pra que a sua vida seja melhor, mesmo com todas as renúncias. Mães fazem esse tipo de coisa o tempo todo.

Quero ver falar sobre sexo com sua filha. Conversar sobre homossexualidade com seu filho. Quero ver esperar pacientemente seu filho de três anos tentar ler uma frase completa enquanto você atende um telefonema importante. Quero ver largar o celular por um sábado inteiro. E um domingo. Quero ver pedir demissão. Quero ver ensinar seu filho a ler, a escrever, a fazer contas, a andar de *skate*, a andar de bicicleta, a passar no vestibular, a dirigir, a tratar bem a namorada, a fazer intercâmbio, a casar, a cuidar bem do filho. Quero ver ensinar o seu filho a ser pai.

Quero ver você orgulhoso no dia dos pais, daqui a vinte anos. Quero ver você orgulhoso de ter sido pai de verdade. Quero ver você feliz, com seu neto no colo. Quero ver você trocando fralda do seu neto.

Vô que é vô troca fralda. Isso é o básico do básico.

CORAÇÃO MOLE

OS TEMPOS SÃO, CADA VEZ MAIS, individualistas e mesquinhos e, você sabe, é sempre muito difícil discutir com pessoas individualistas e mesquinhas. Perguntam "qual a utilidade de um filho?", como se uma criança fosse um eletrodoméstico ou um novo modelo de celular. Como se um filho pudesse lhes economizar algum dinheiro ou lhes deixar alguns centímetros mais alto. Você não encontrará este tipo de utilidade em um filho.

Pelo contrário: um filho vai esgotar suas economias e minguar suas noites de sono. Vai sujar suas camisas novas e desenhar em suas paredes. Você não vai ter um filho para obter vantagens, descontos, deduções do imposto de renda ou balões de graça sempre que for ao shopping. Você vai ter um filho para aprender a amar outra pessoa mais do que a você mesmo.

Esta é a utilidade secreta de um filho: ele nos torna imediatamente pessoas melhores. Preocupamo-nos em ser mais educados com as outras pessoas, em dar o exemplo. Esforçamo-nos para preservar o meio ambiente, para que o mundo continue sendo um lugar agradável pra ele.

Você passa a separar o lixo, a dizer "com licença", a parar no sinal amarelo. Você passa a se preocupar com *bullying*, com piadas preconceituosas, com alimentação industrializada. Você devolve o troco que veio errado, recolhe o lixo que outra pessoa jogou no chão. Você se torna uma pessoa melhor. Para que seu filho seja melhor que você. Melhor que seus pais. Melhor que seus avós. Para que o mundo dele seja melhor do que o seu mundo.

Os tempos são, cada vez mais, individualistas e mesquinhos. Contra eles, amor e abnegação. Ter um coração mole em um mundo cruel não é sinal de fraqueza, é sinal de coragem.

Vai que a moda pega.

O PAI PERFEITO

OS MENINOS ESTÃO NO QUARTO, brincando, enquanto escrevo isso. Minha filha mais velha acabou de puxar papo e eu disse que não podia falar agora. Preciso trabalhar. Ela me pediu desculpas e saiu. Acho que fui um pouco grosseiro com ela.

Uma senhora me parou no aeroporto na semana passada. Ela era de Curitiba. Foi tremendamente carinhosa, disse que adora os textos, que a palestra a fez chorar várias vezes e mandou o vídeo pra toda a família. Essas coisas que você só pode responder com muito obrigado, com fico agradecido, com obrigado pelo carinho. Eu coloco a mão no peito, tento dizer com mímica o quanto meu coração dá uma aumentadinha quando ouço essas coisas. Obrigado, de verdade. Muito obrigado. E a senhora disse: "Suas meninas têm muita sorte".

Com isso não posso concordar. O sortudo sou eu. Já fui desatento, relapso, ausente, bêbado. Já tratei mal minha mãe, minha esposa, minhas filhas. Já quase nos separamos. Ainda hoje sou mal-humorado, fico quieto demais durante almoços, trabalho demais. Às vezes, eu e minha mulher vamos guardando um monte de pequenas mágoas, e quando a gente coloca tudo pra fora sinto que ela me odeia um pouquinho. Ela deve sentir a mesma coisa.

Se existe pai perfeito, ele não mora aqui em casa. Pai não é o cara que não erra, é o cara que está lá. O cara que está presente, errando atrapalhadamente tentando acertar. Miseravelmente arrependido dos erros. É impossível não errar, estando presente. Eu erro o tempo todo. Errei agora há pouco, quando fui grosseiro com a minha filha. Estou errando agora por não me levantar dessa cadeira e dar um abraço nela.

Deem-me um minuto.

Estou de volta.

Apenas pra dizer que agradeço àquela senhora do aeroporto, por tudo o que disse. Agradeço tudo o que falam sobre os textos, os vídeos, as palestras. Mas o pai perfeito não está aqui. O pai perfeito está aí do seu lado, precisando de lições constantes. Podia ter dado tudo errado, mas minha mãe, minha mulher, minhas filhas estavam lá pra me ensinar uma porção de coisas. A sorte não é delas. O homem mais sortudo do mundo sou eu.

VOCÊ VAI ENTENDER QUANDO CRESCER

“POR QUE EU TENHO QUE IR PRA ESCOLA?” “Por que eu não posso passar o dia no videogame?” “Por que eu não posso ir sozinha ao shopping?” “Por que tenho que esperar ter 18 anos pra dirigir?” Quando a gente era jovem, também fazia todas essas perguntas. Nossos pais diziam: "você vai entender quando crescer". Era uma resposta terrivelmente frustrante.

Para uma criança, a pior coisa é ser lembrada de que é uma criança. Crianças querem ser dez anos mais velhas, adolescentes querem ser dez anos mais velhos, jovens querem ser dez anos mais velhos. Velhos querem ser trinta anos mais novos.

"Por que você não fala sobre quem é meu pai?", era a pergunta que eu mais fazia pra minha mãe. "Você vai entender quando crescer", ela dizia. Eu iria entender quando fosse dez anos mais velho, vinte anos mais velho, quando tivesse meu próprio filho. Quando eu fosse pai, entenderia a minha mãe. Aquilo me deixava revoltado. Eu já sabia de tudo sobre a vida e ela me dizendo que eu só entenderia depois de velho.

E, surpresa: agora que sou pai, entendo.

Minha mãe não falava sobre quem era meu pai porque ela tinha medo de que eu o procurasse. E que eu me decepcionasse. Porque é claro que eu iria me decepcionar com um homem que abandonou uma mulher grávida. Todas as pessoas que eu conheço que foram atrás de seus pais biológicos se decepcionaram. E o que elas esperavam de um homem que não quis ser pai? O que eu esperava? Eu achava que sabia de tudo, mas não sabia de nada. Obrigado, mãe. Agora eu entendo.

Você vai entender quando crescer. Quando tiver filhos, entenderá seus pais. A gente só aprende a ser filho quando vira pai. E, dizem, só aprende a ser pai quando vira vô.

É deslumbrante essa nossa passagem por aqui.

Protegê-los de tudo

A AURORA ESTAVA CORRENDO com os bracinhos abertos, os olhinhos fechados, e você sabe o que acontece quando corremos de olhos fechados. A Aurora tropeçou, caiu e ralou os joelhos e as mãos, e foi aquela gritaria, calma, calma, não foi nada, vem no colo, uaaaaaaaaaaaaaaaaaaa, calma, calma, deixa eu passar uma aguinha.

No meio do soluço, ela confessou que corria com os braços abertos pra tentar voar. "Eu queria voar junto com os passarinhos", disse ela, toda machucada e frustrada. Esses machucados que doem mais na gente do que neles próprios. A ingenuidade das crianças dói na gente.

O filho de um amigo descobriu sobre a morte. Com lágrimas nos olhos perguntou: "Pai, tudo morre?". Meu amigo respondeu: "Tudo". "Mas eu não quero morrer, pai". "Quem brinca muito não morre", disse meu amigo. O menino abriu um sorriso, ia correndo para o pátio, parou e disse: "Pai, amanhã você brinca comigo o dia todo?".

Essa pureza dói profundamente. Eles não sabem de nada. Da morte, da perda, da falta de bondade. Não sabem da ganância do homem, da passividade de quem pode e não ajuda os outros. Não sabem do homem que mata, do homem que rouba, do homem que sequestra e machuca. Dói na gente saber que eles não sabem de nada disso. Dói saber que um dia saberão. Dói saber que é impossível protegê-los pra sempre. De tudo.

Quero protegê-los de tudo.

Da morte. Da maldade. Da gravidade.

Voa entre os passarinhos, Aurora. Enquanto ainda é possível.

SEGUNDO FILHO

COMO POSSO EXPLICAR sem parecer malvado? Abrindo o texto com uma pergunta retórica, talvez. Talvez dizendo que não faço isso por mal. Talvez dizendo que não é algo que acontece todo dia. Mas, independente de vocês estarem me julgando nesse momento, eu confesso: tenho uma filha favorita.

Quando minha segunda filha nasceu, a mais velha tinha sete anos. Éramos os melhores amigos do mundo. Mas um bebê estava chegando e nossa amizade corria perigo. Eu me abaixei, então, e olhei bem nos seus olhos: "Você sempre será minha filha favorita. Você é minha primeira filha e eu sempre vou te amar mais. Você é um presente. Não vou jogar esses sete anos que a gente viveu juntos fora. Sempre que eu te chamar de 'fifa', como eu te chamo de vez em quando, saiba que secretamente esse apelido significa 'filha favorita'".

E ela ficou feliz. E é claro que eu me arrependi.

Quando a mais nova sorriu pela primeira vez. E quando me abraçou pela primeira vez. E quando disse: "eu te amo, papai" pela primeira vez. Eu amava aquela pessoa pequena mais do que tudo, mais do que eu mesmo, mais do que o resto da humanidade. Nesses momentos, eu confesso: a mais nova foi minha filha favorita.

Mas então a mais velha se apaixonou pelos livros e por ciência e por filmes legais. E passamos tardes andando de bicicleta e conversando. E nessas conversas eu tenho certeza de que ela foi minha favorita. E a chamo de "fifa", pra que ela saiba que eu gosto muito dela. Não sei se mais ou menos do que a outra, mas eu diria que às vezes mais, às vezes menos, alternadamente.

A chegada do segundo filho nos obriga a dividir o tempo, a atenção, o carinho. Dividir o olhar, a conversa. A gente não multiplica o amor. A gente divide. Isso dói, mas nos acostumamos.

Neste momento, escrevendo este texto, amo as duas igualmente. Elas estão dormindo. Mas amanhã, quando acordarem, terei meus favoritismos. Como posso dizer isso sem parecer malvado?

Fechando o texto com uma pergunta retórica?

UMA PEQUENA TRAGÉDIA

ACHO QUE TODO DIVÓRCIO é uma pequena tragédia. Vai ser melhor pros dois. Estávamos brigando demais. Não dava mais pra aguentar. Encontrei outra pessoa. Existem sempre motivos. Mas isso não me impede de achar uma pena. Toda separação é uma tristeza. Uma lástima não ter dado certo.

Eu acho sempre que eles ainda se amam. Tenho certeza de que amaria minha mulher para sempre. Procuraria em outras o jeito dela. Tentaria repetir com outras as nossas histórias. As nossas viagens. As vezes que eu comprava rosas às segundas-feiras. As vezes que ela me ensinou a comer sushi. Acredito que eu amaria pra sempre o que vivemos juntos.

Não consigo me imaginar morando longe das minhas filhas. A procura por apartamentos, todos caros e pequenos.

Uma vergonha ao explicar que estou indo morar em outro lugar. A primeira vez chegando em casa do trabalho, a falta do barulho que elas fazem. A primeira noite longe delas. O primeiro fim de semana sem ninguém. Deve dar um arrependimento. Acredito que toda separação é uma pequena tragédia porque acho que pessoas podem mudar. Acho que homens podem descobrir o prazer de abandonar tudo pela família. Trabalhar menos, sair menos pra beber, ser mais carinhosos, respeitar mais a mulher. Acho que mulheres são ainda mais capazes de tentar arrumar as coisas. Sou a favor de chances. De ultimatos. De não aguento mais. De ou você muda ou a gente se separa. De me desculpa. De quero voltar. De não sei viver sem você. De vou mudar. De você mudou mesmo. De eu te amo. A gente se separa porque quer estar sempre em outro lugar. E nos outros lugares fica procurando outras coisas. E outras pessoas nas pessoas que estão conosco. Acho que todo divórcio é uma pequena tragédia. E toda paixão duradoura é um pequeno milagre.

Um parto no futuro

EU ME LEMBRO BEM QUE, quando estávamos em 2016, já existia aquela conversa de que as crianças estavam nascendo cada vez mais inteligentes, que já sabiam mexer em telefones com dois anos de idade.

Mas isso aqui é ridículo.

Meu filho nasceu ontem por volta do meio-dia e foi aquele nervosismo, aquela expectativa para a chegada da criança. O obstetra já havia me dito pra ficar atento, que hoje em dia as crianças nascem muito inteligentes. Ele disse que na semana anterior tinha feito um parto de uma criança que já nasceu falando francês. Ao invés de gritar "buááá buáááá" saiu da barriga falando "*Une serviette, s'il vous plaît*". Eu duvidei, evidentemente. Por mais que hoje em dia seja normal conversar com a barriga, tocar música clássica e ensinar gramática, todos sabemos que as crianças só aprendem a falar "por favor" no terceiro dia de vida.

Mas aqui estou eu apavorado com o que me aconteceu. Como dizia, meu filho nasceu ontem por volta do meio-dia, e nasceu pedindo "um bife bem passado e um chope gelado sem colarinho". Não falou "por favor", como eu já previa. Sei que as crianças estão muito desenvolvidas hoje em dia, mas pedir um bife nessa idade pode dar indigestão. Enfim, mastigou a carne com a gengiva (os dentes molares estão nascendo ainda) enquanto assistia ao National Geographic. Adora programas com tubarões.

No meio da tarde, veio a enfermeira pesá-lo, já estava com cinco quilos e meio, acho que foi a musculação. E quando ele olhou bem no olho da enfermeira e disse que nunca tinha visto uma mulher de uniforme tão bonita eu fiquei envergonhado. "Não fale assim, filho. Respeite a moça." Ao que ele respondeu que estava respeitando, que era verdade "até porque é a primeira mulher de uniforme que eu vi na minha vida" e deu uma gargalhada enquanto arrancava o celular da minha mão.

Não preciso nem dizer que já foi apagando todas as fotos que fiz do parto. "Nessa fiquei gordo, essa saiu tremida, nessa tem muito sangue". E já criou um Instagram pra sua primeira *selfie*. E já tem mais seguidores do que eu. Antes de anoitecer ele já tinha feito um canal no YouTube, onde tem postado vídeos falando sobre como é nojento o líquido amniótico e sobre o desconforto de ter passado por uma cesariana. Está aqui há menos de 24 horas e já tem muita opinião sobre tudo. Essas crianças de hoje em dia estão mesmo muito desenvolvidas.

Se tivermos sorte

EXISTE UM DITADO IRLANDÊS: "É melhor ter sorte do que ser rico". Adoro esse ditado. Quero ter sorte. Uma vez um colega disse, desdenhando de um "boa sorte!", que sorte é para incompetentes. Que seja. Vou optar pela sorte. Agradeço todos os dias pelas coisas boas que me aconteceram, que não têm explicação científica alguma. Alguns chamam isso de Deus.

Lembro-me até hoje do Pietro, um garoto raquítico de pele muito branca de que todos gostávamos porque tinha o videogame mais legal e sempre nos convidava para ir na sua casa. Ele ganhava um presente toda vez que tirava uma nota boa. Ele ganhava um presente realmente caro sempre que passava de ano. Eu tinha inveja do Pietro. Toda vez que eu tirava nota boa minha mãe falava: "Não fez mais do que a obrigação". Passava de ano e ouvia: "Não fez mais do que a obrigação". Era o melhor da turma e "não fez mais do que a obrigação".

Ouvi falar esses dias que o Pietro destruiu seu carro novinho dirigindo bêbado. Fiquei chocado. Fez-me pensar na influência negativa de pais que nunca dizem não pros filhos. Mas pensei também na influência de bons pais. Será que teremos sorte?

Pais atenciosos, esses que passam horas estudando com os filhos, pais que conversam, que dizem não, esses pais podem, por alguma razão inexplicável, ter filhos malsucedidos. Ter filhos que fazem coisas erradas. Imaginem que tristeza é, para um pai dedicado, não ver seu filho brilhar. Que mundo injusto é esse, em que nós, humanos, somos tão imprevisíveis.

Se nossos filhos serão brilhantes, não sabemos. Aproveitamos cada momento torcendo para que sim. Se tivermos sorte. Se tivermos sorte serão decentes, bem-sucedidos, ajudarão outras pessoas, mudarão o mundo. Se tivermos sorte. Serão bondosos, reconhecidos, sorridentes e educados. Se tivermos sorte. Terão valido a pena as noites em claro, as vezes em que não pensamos no trabalho, as tardes de estudos, a dedicação, as conversas, a abnegação. Teremos feito tudo isso e, talvez dê certo, talvez não.

Se der certo, seremos os pais mais felizes do mundo.

Não fizemos mais do que a nossa obrigação.

VOTO DE RIQUEZA

MEU CARRO FAVORITO FOI, COM CERTEZA, aquele Clio vermelho duas portas que comprei assim que minha primeira filha nasceu. Paguei em 48 vezes e lembro do dia em que atrasei uma prestação e ela quase dobrou de valor. Foi um dia triste. Mas o carro era maravilhoso, sem vidro elétrico, sem trava, sem alarme. Não tinha ar-condicionado e, no verão, eu dava graças a deus porque a borracha da porta estava estragada e entrava um ventinho pela fresta. Um vento quente. Mas era um vento.

Eu gostava do carro porque ele era confortável e a manutenção era quase desnecessária e porque foi o carro que comprei quando minha primeira filha nasceu, esse momento cheio de alegria e esperança. Comprei pra que ela tivesse mais conforto e segurança. Percebam que meu carro anterior era muito pior. Com o tempo, ficou óbvio que meu conceito de conforto e segurança era equivocado e lembro quando, aos três anos, minha filha viu uma propaganda de um carro grande, aquelas propagandas em que os carros grandes estão subindo montanhas e andando em ruas vazias pelo centro da cidade. A menina viu aquilo e disse: "Gosteeeei" e eu percebi que tinha que trocar de carro, por outro com mais espaço e menos afeto.

E esse terceiro carro (quem eu quero enganar?) foi a minha mulher que escolheu, um carro mais alto e mais fácil de estacionar, e acho que pode ser considerado um desses carros que os homens chamam de "carro de mulher". Fico tranquilo com relação a isso. Sinto falta, apenas, daquele meu carro velho, daquele câmbio de marcha descascado, as manivelas da porta quebradas, o banco de trás com bala e Fandangos jogados. Dá uma saudade da reação das pessoas quando me viam dentro daquele carro velho. Os que não vão com a minha cara comemoravam a dificuldade financeira. Os que gostam de mim identificavam-se com a batalha. Acredito que era um carro que melhorava o dia de todo mundo.

Acima de tudo, era uma lembrança diária de humildade. Era uma prova de que eu poderia viver com muito pouco, de que as coisas materiais não são importantes, de que só precisávamos uns dos outros para ficar bem. Em um mundo em que os carros ficam cada vez maiores, ocupando cada vez mais espaço em avenidas já lotadas, aquele carro velho me lembrava das coisas que realmente importam na vida, todas elas mais baratas que um carro novo. Não era um voto de pobreza, era um voto de riqueza. Uma riqueza de espírito que quero me lembrar pra sempre de ter, independente do tamanho do meu carro.

O ANTISSOCIAL #@#@#@#@#

Antissociais, como eu, são pessoas tremendamente desagradáveis, que estão sempre tentando ficar em casa. O antissocial é um ser meio babaca, meio metido, que não é fã de festas de aniversário, de churrascos de família, de viagens em grupo, de restaurante lotado. Ele estará, sempre que possível, em casa, com roupas confortáveis, assistindo seriados, na frente do computador, ou, sei lá, fazendo qualquer outra coisa que ele considera melhor do que o contato com outros seres humanos. Aliás, não é da sua conta o que o antissocial faz em casa.

O inverno é uma bênção para o antissocial. É a chance que temos para dar a desculpa do vento, da falta de casaco, da chuva fina. Outro trunfo do antissocial: filhos. Pequenas crianças são a desculpa perfeita para faltar em qualquer evento: "Não fui, pois o bebê dormiu", na verdade significa: "Eu realmente não estava a fim de sair de casa".

Uma bochecha vermelha vira febre, vira "não tenho como ir na festa". Uma frente fria vira uma terrível possibilidade de resfriado. E assim fugimos de *happy hours*, de churrascos da firma, da festa de aniversário do vizinho.

O bloqueio do WhatsApp não preocupa o antissocial. Os grupos estavam todos no silencioso. Eventualmente, o antissocial interrompe o jogo de Candy Crush para dar uma olhada nas mensagens, pra quase sempre dar uma desculpa. "Não posso sair hoje à noite, tenho muito trabalho", para então voltar pro jogo das balinhas. O antissocial fica apenas monitorando a vida dos outros pelas redes sociais e acreditando que aquela festa nem estava tão boa assim. Vê as fotos dos amigos no Facebook e pensa: "Aquele lugar tem um atendimento péssimo", ou "que bom que foi bastante gente na casa da fulana, assim ela nem sentiu a minha falta".

Para aqueles amigos inconvenientes que não aceitam a ausência do antissocial, ele desenvolveu técnicas. "Confirmado!", ele escreve, uma semana antes. "Estou me arrumando!", ele escreve no dia. "Trânsito pesado!", ele escreve, ainda no sofá, de pantufas. Então, coloca em modo avião e permanece inalcançável, enquanto assiste vinte episódios da sua série favorita.

Você pode achar o antissocial um metido. E ele é mesmo. O antissocial é tão metido que não suporta a presença de outros antissociais. Festa boa, pro antissocial, é aquela em que todo mundo está olhando pro celular. Cinema bom é de manhã, sala vazia. Se está namorando e ouve um: "Que tal ficar em casa?", para o antissocial, soa como um pedido de casamento.

CHUPETA

ELA ERA UMA SENHORA DE UNS 90 ANOS, imaginem uma pele escamosa, branca como uma folha de papel. Tinha os olhos bem azuis, as roupas eram todas escuras, de forma que era indecifrável se usava um vestido cheio de camadas ou uma camisa larga e uma saia. Parte da família visitava-nos no hospital por toda a primeira semana de vida da minha segunda filha e observava com uma certa prepotência nossa dificuldade para lidar com a recém-nascida.

A pequena chorava, e estávamos decididos a não usar chupetas. Nossa pediatra tinha proibido chupetas. Usar chupetas facilita sua vida imediatamente, mas complica sua vida pelos próximos três anos. Não vamos usar chupetas. Vamos conseguir fazer a criança parar de chorar. Meu deus, ela está chorando há horas. É a sua vez de segurar. Balança assim, ó. Não, não. Não chora, neném. Upa, upa.

Em determinado momento, lá pelo terceiro dia, a senhora tomou a criança dos nossos braços. Tirou da bolsa uma chupeta e um pote de funchicórea, colocou o pó no bico e deu pra criança. Silêncio imediato. "Os pediatras passam e a chupeta fica", ela disse. Foi um ar fresco na nossa cara, aquele momento. Um alívio. E, como previsto, um estorvo para o resto da vida.

Não há um dia, nos últimos três anos, que minha filha não use a "bibi". Esses dias, no elevador, ela viu um menino usando bico. Tirou sua chupeta da boca e disse: "Tu não sabia que bico deixa os dentes tortos?", pra, um segundo depois, colocar na boca o seu próprio. Outra vez, andando na rua de bico na boca, passou um menino e apontou pra minha filha: "Olha, pai. Um neném". A menina tirou a chupeta da boca, disse pra eu guardar no bolso e foi tirar satisfação: "Quem é neném?! Quem tu chamou de neném?!".

Agora, no Natal, tentei a tática do Papai Noel. Fomos até o shopping e entregamos o bico pro bom velhinho. Na volta pra casa ela já gritava, como uma viciada: "Eu tô com muita vontade! Não consigo controlar, pai! Eu preciso de um bico!". Adquirimos uma chupeta reserva. Combinamos que só será usada em casos extremos de abstinência. Minha filha disse que vai largar, só precisa de um tempo. Vamos apoiá-la nesse momento difícil.

Ciência sem fronteiras

Esses dias, no carro, a Anita estava meio cabisbaixa. "Não vou poder ser cientista, como eu tinha planejado", ela me disse. Eu perguntei o motivo. Ela disse que, depois de um começo de fantásticas aulas na disciplina de ciências, os assuntos tinham ido pra um lado que ela não tinha o menor interesse. "Não gosto mais de ciências. Não posso mais ser cientista", falou chorando.

De todas as frustrações que tenho no mundo, a maior delas é com relação à educação das minhas filhas. Minhas filhas, de dez e três anos, estudam da mesma forma que eu estudei, que foi da mesma forma que a minha mãe estudou: com um quadro negro e apostilas. Na era do videogame, do iPad e do smartphone, minhas filhas estudam copiando lições, decorando frases prontas, escrevendo em folhas de papel.

A escola simplesmente não conseguiu acompanhar o mundo. Hoje temos um poço de conhecimento infinito, a internet, e minhas filhas podem aprender sobre o que quiserem, a hora que quiserem. A mais velha aprende japonês em um aplicativo no celular, chamado Duolingo. A mais nova aprendeu a contar em inglês com um desenho do Netflix. A mais velha entendeu parábolas matemáticas com um vídeo no YouTube. A mais nova aprendeu a escrever seu nome no bloco de notas do computador. E nenhuma dessas coisas aconteceu na escola.

A internet permite que minhas filhas estudem qualquer matéria. Não existe mais lógica em uma educação dividida em matérias, descolada da vida real. Não existe mais lógica em divisão por séries, por idade. Se minha filha de 10 anos quiser estudar as matérias do terceiro ano, qual o problema? O que a impede? Não à toa, escolas europeias experimentam uma educação mais integrada, que explica os acontecimentos ensinando história, geografia e matemática, tudo misturado. Crianças não são divididas pela idade, mas pelos interesses e dificuldades de aprendizado. Mais tecnologia na sala de aula. Mais educação à distância. Mais informações dentro do celular dos jovens. É ali que eles passam a maior parte do tempo.

Não é a escola que ficou chata: o mundo é que ficou incrível. Vai por mim, filha. Você pode ser o que você quiser.

PRESENTE O ANO TODO

COMEÇOU QUANDO ABANDONAMOS a televisão aberta. Nada de novelas, nem noticiosos reportando a morte de dezenas de pessoas ao redor do mundo. Em seguida, por economia, cortamos a tv a cabo. Nada de Discovery Kids. A Aurora cresceu assistindo apenas Netflix, um desenho da Galinha Pintadinha atrás do outro, e de Dora em Dora e Luluzinha em Luluzinha ela cresceu.

Aos três anos, raramente assistiu a uma propaganda. No Netflix não existe publicidade. Dessa forma, a Aurora nunca me pediu um presente de aniversário ou de Natal. Ela não sabe qual o brinquedo do momento. Ela nunca ouviu falar de Monster High. Ela desconhece a nova boneca que fala.

Agora vem a parte mais impressionante. Quando estamos passeando pelo shopping, a Aurora eventualmente entra em lojas de brinquedos. Ela olha com fascinação para as gigantescas caixas de Lego, ou as bonecas da Frozen. Ela abraça o Olaf, brinca com as motoquinhas de plástico. Depois de um tempo, ela devolve os brinquedos pra prateleira. E diz: "Vamos embora, papai?".

Ela acha que a loja de brinquedos é uma espécie de biblioteca, em que você desfruta dos brinquedos e depois os devolve. Ela não sabe que podemos levar os brinquedos pra casa.

Minha primeira filha sabe. Ela é pré-Netflix. Desde pequena assistindo Backyardigans, empilhava-me de pedidos extravagantes todo Natal. Boneca que fala, lava-louça de verdade, Barbie sereia. Um dia, teve um *insight*: "Pai, tu já percebeu que os brinquedos são muito mais legais na loja do que na casa da gente?". Expliquei a ela que, muitas vezes, só damos valor ao que ainda não temos.

Os melhores brinquedos são os mais simples. Elas passam horas desenhando, dias construindo cabaninhas com lençóis. Com presentes caros, brincam uns três minutos.

Não há um dia em que eu não me convença de que o melhor presente de todos, no fundo, é estar presente.

TODAS AS ANA PAULAS NASCERAM por volta dos anos oitenta. As Marianas e as Brunas, um pouquinho depois. Depois vieram Matheus e Thiagos, e esses agás já demonstravam uma tendência ao experimentalismo. Nos anos noventa, a moda era nomes italianos, como Enzo e Lorenzo. Os Luccas pipocaram nessa época. Todas as Sofias e Bernardos nasceram no começo dos anos dois mil. Estávamos nostálgicos. Era o início de uma tendência de Benícios e Joaquins, Benjamins e Franciscos. Nomes antigos, homenagens aos avós. Anita e Aurora. Nomes com cara de anos cinquenta.

Não estou dizendo que vamos voltar no tempo e começar a batizar nossos bebês de Bartolomeu ou Zulmira. Um bebê chamado Zulmira já nasce com 70 anos. Apesar de serem nomes lindos. Acredito que a tendência não vai tão longe. Atualmente, sinto uma alta de Arthurs e Alices. E Isabellas com dois eles.

E aí está o cuidado que devemos tomar. Junto com as tendências vêm os nomes repetidos. Inevitavelmente, você vai encontrar outras crianças com o mesmo nome do seu filho. Mesmo que seja um nome antigo. Mesmo que tenha agá e dois eles. Mesmo que seja uma homenagem pra sua avó. Mesmo que seja Zulmira.

Entre os pais, existe uma regra não declarada que é a regra do "peguei primeiro!". Ao decidir o nome da criança, os pais devem anunciar alto e rapidamente para todos os chegados. Nenhuma mulher grávida nesta mesma época, no círculo de amigos e conhecidos, poderá usar o mesmo nome que você escolheu.

É importante que, quando anunciado o nome escolhido, seja sempre repetida a informação várias vezes. No trabalho, no condomínio, no churrasco de família, sempre de forma clara e em alto volume: "É João Pedro! João Pedro! Esse é meu e ninguém tasca!". Podem pegar João Paulo, João Miguel, João Vitor, João Gabriel. Mas João Pedro já tem dono. E assim por diante.

Mães ficam magoadas com outras mães até se o nome for meramente parecido. Vizinhas que ficaram grávidas ao mesmo tempo e colocaram o nome de Vitor e Victor, eventualmente, passarão a se odiar. "Mas o meu é sem cê!", dirá a vizinha mal-

-intencionada, se fazendo de inocente. O golpe da letrinha diferente não vale! Vitor e Victor é quase a mesma coisa, me desculpe. Eloisa e Heloisa, também. Sofia e Sophia, também. Isabela já anula qualquer possibilidade de outra mãe escolher Isabella, por exemplo. E, eu diria, até Isabeli. E não adianta tentar usar letrinhas pra ludibriar a mãe que escolheu o nome primeiro.

Como diria qualquer Zulmira: respeito é bom e todo mundo gosta.

Mundo "Melior"

JÁ SINTO SAUDADE DAS minhas filhas pequenas.

Eu adorava quando a Aurora tinha dois anos recém-feitos e me explicava detalhadamente como caiu e se machucou na escola. "Dadadadadá dadá, dadá dadá dadadadaá". E ela ia descrevendo, com mímica, como o colega esbarrou nela e ela caiu e machucou o joelho, mas conseguiu se levantar. "Dadadá dadá!", explicava, com a cara séria. Eu ouvia prestando bastante atenção, fazendo perguntas, pedindo mais detalhes. Era como estar no seriado CSI, só que contracenando com os Minions.

Quando a Anita tinha três anos, começou a compor canções. Eram canções comerciais, inspiradas em propagandas que ela tinha visto. Um dia me chamou: "Pai, fiz uma música". Respire fundo que lá vem o *jingle*. A letra era: "Minha bolsa, onde é que está? Minha casa, onde é que fica? Devassa, minha cerveja favorita". Juro. Fiquei chocado e constrangido. Chocado porque o *jingle* era realmente bom, tinha coerência na confusão mental das primeiras frases e o produto anunciado. Constrangido porque provavelmente eu deveria parar de beber na frente das crianças. Elas chamam minha cerveja de "suco do papai".

Quando a Anita tinha uns seis anos, ela me disse que queria casar e eu perguntei "por qual razão?!", já que ela era tão nova. Ela respondeu que queria casar porque também queria mandar em alguém.

Nessa mesma época, perto do Natal, estávamos no shopping e eu disse pra ela conversar com o Papai Noel. Ela olhou pra mim e disse: "Pai. Tu não sabe? Não existe Papai Noel. Aquele é só um cara, vestido de Papai Noel".

Em determinado momento, ela começou a trocar palavras importantes em expressões idiomáticas. "Pai, eu sou meio mão-dura", que é uma mistura de mão-fechada com pão-duro. Talvez seja até uma nova forma de avareza.

A confusão continuava com "pai, agora tu vai ter que pagar a tua pensão!", que, na verdade, era minha promessa. E um dia ela ficou muito agitada porque o chá dela tinha muita "cafeteína". Que deve ser um tipo mais potente de cafeína.

Um dia eu perguntei o que ela queria ser quando crescesse e ela disse sem hesitar: "Patinadora do

BIG!". Ela também me ensinou uma lição importante sobre competições: "Pra mim, não é 'quem não arrisca, não petisca'. Pra mim é 'quem não arrisca, ganha'".

Numa noite, eu estava assistindo um documentário dos Rolling Stones e ela me perguntou: "Como eles podem ter esse cabelo malucão?". E eu respondi: "Porque eles são artistas". E ela me disse: "Então, eu quero ser artista".

Foi mais ou menos nessa época que ela me perguntou por que não tinha o desenho de uma menina no semáforo para pedestres? Por que não tinha fraldário no banheiro masculino? Por que um pai e uma mãe são chamados de "pais" e não "mães"? Por que quando temos uma porção de filhos chamamos de "filhOs" e não "filhAs"?

A Anita devia ter uns três anos quando eu expliquei pra ela que tínhamos que trancar a casa para que nenhum ladrão entrasse. Ela, então, disse: "Na minha opinião, os ladrões deveriam entrar na nossa casa e, ao invés de roubar coisas, deixar presentes". No mundo dela, o ladrão ideal seria o Papai Noel.

Pais estão sempre com algo nos bolsos dos casacos. Ou fraldas, ou bicos, ou bonequinhos de dinossauros. Já sinto saudade dessa época. Eu vivia com dominós da Minnie nos bolsos.

Há alguns anos, a Anita começou a usar meu computador. Fui checar o histórico de pesquisas no Google e uma das coisas que ela tinha pesquisado era: "mundo melior".

Ela estava procurando por um mundo melhor.

Eu também estou, filha.

Imagino que é quando estamos juntos.

ESTOU QUERENDO APARECER

Recentemente, participei de dois eventos beneficentes, um para crianças cadeirantes e outro para entregar livros para uma escola de um bairro pobre. Também dei de presente um videogame que vai ajudar no tratamento de uma criança em recuperação motora. Também fiz uma doação para uma ONG que combate o consumo de álcool entre jovens e educa sobre os perigos do trânsito. E, como faço de quatro em quatro meses, doei sangue. A próxima frase normalmente seria "digo tudo isso, mas não estou querendo aparecer".

Mas é claro que estou querendo aparecer.

Dizem que quem faz bem ao próximo na verdade está fazendo bem a si mesmo. Acho que não. Acredito que estou fazendo bem ao próximo mesmo, não a mim. Eu estaria muito melhor em uma lancha em Saint-Tropez (não sabia onde ficava, precisei procurar no Google Maps, me pareceu agradável), dando de ombros para os problemas do mundo. Deveriam mudar esse ditado para "quem está em uma lancha em Saint-Tropez está fazendo bem a si mesmo". Ficaria mais verdadeiro. Esta semana peguei trânsito, sol na cabeça e furei uma veia para fazer bem ao próximo. Não a mim.

Existe um outro ditado equivocado, aquele que diz que o bem que você faz volta pra você lá na frente. A verdade é que pode voltar, mas normalmente não volta não. Já vi pessoas boas sofrendo injustiças, altruístas desenvolverem câncer, bem-intencionados serem destratados. Você mesmo pode ir todo bonzinho entregar presentes aos pobres e ser assaltado. Pode dar dinheiro aos que precisam e bater o carro. Ser bom não te protege do acaso. Tive um amigo que vivia doando sangue e morreu em um acidente de moto. Não conseguimos doadores pra cirurgia dele.

E há quem acredite que o contrário é fato: o mal que alguém pratica volta pra pessoa no futuro. Outra bobagem. Pessoas ruins dormirão tranquilas, achando desculpas pra sua maldade em algum canto da cabeça. Corruptos dormirão felizes acreditando que fizeram justiça. Terão filhos gordos, alimentados com a merenda desviada. Comprarão a justiça e jamais serão condenados. Deixarão um legado corrupto e um exemplo glorioso de impunidade para os filhos, e os filhos de seus filhos, e assim por diante.

Então: é claro que quero aparecer. Quero que as pessoas digam: "Deus, como é bom esse Piangers!". E decidam ser bons também. E decidam aparecer também, pra que outras pessoas sejam influenciadas. E estas sejam boas, e eventualmente sofram, mas sempre tenham alguém para ajudá-las.

E a isso daremos o nome de um mundo mais agradável. Talvez tão agradável quanto uma lancha em Saint-Tropez.

FUI SURPREENDIDO POR ALGUNS PAIS que me perguntaram esses dias: “Piangers, como você consegue arrancar o iPad da mão das suas filhas?”. Foi estranho ouvir isso. Primeiro, porque lá em casa não tem iPad, é tudo livro, quebra-cabeça e lego. Parecemos *hippies*. Segundo, porque é meio chocante ver filhos que não obedecem aos pais. Não são pais, são reféns.

As crianças que só recebem “não!” não parecem se dar muito bem na vida. Tornam-se jovens revoltados, retraídos, inibidos, inseguros. Incrivelmente, as crianças que só recebem “sim!” também não se dão muito melhor. Costumam se tornar jovens que lidam mal com frustrações, querem tudo do seu jeito, desrespeitam a todos.

A forma mais garantida de ter filhos felizes e realizados é também a mais óbvia e manjada de todas: equilíbrio. Há momentos de dizer "sim!", outros em que se deve dizer "não!". Há dias de jogar videogame e há dias de ajudar a arrumar a casa. Há a hora do banho e há a hora de ficar jogando bola até mais tarde.

Se meus filhos estão me desobedecendo sistematicamente, é hora de apertar a corda. O "não!" vai predominar por um tempo. Se estão incrivelmente comportados - isso acontece? -, é hora de relaxar. Eles ouvirão mais vezes meu "sim!".

Existe apenas um motivo pra que tantos pais não criem seus filhos com equilíbrio: dá trabalho. É muito mais fácil ser um pai durão, que diz sempre não. É, da mesma forma, muito mais fácil ser um pai permissivo, que diz sempre sim. Você não precisa refletir: usa sempre o mesmo modo de responder qualquer questão da missão paterna. Ou só sim, ou só não. É fácil.

De outro modo, prestar atenção na hora certa de dizer "sim" ou "não" dá um trabalhão. Você tem que prestar atenção no seu filho. "Oh, não! Tirar os olhos do celular! Oh, não! Não trabalhar até tarde! Prestar atenção no meu filho! Que desgraça".

Dá um trabalhão saber a hora de dizer não. Tem que ter investigação. Tem que ter conversa. Tem que ter tempo junto. "Oh, meu deus! Tempo junto?! Nããããoooo!", alguns pais parecem gritar.

Bom, pelo menos já estão aprendendo a usar "não!" no seu vocabulário.

COTIDIANO

ESCREVO ISSO PRA ME LEMBRAR PRA SEMPRE. Acordo todo dia com um: "Pai!". Tomo banho, faço café. A Anita come Sucrilhos, a Aurora uma fruta cortadinha. Uma faz a tarefa, a outra vê desenho. Saio pra trabalhar. A mais nova fica brava se eu não der um beijo nela antes de sair. Depois ela me dá um beijo e um abraço apertado. Elas me dizem: "bom trabalho, papai".

Todos os dias eu volto à noite e todos os dias elas gritam "papai!". A mais velha está sempre com o uniforme do colégio e está naquela idade em que reclama para tomar banho. Tem sempre um chulezinho. A mais nova se agarra na minha perna e não me deixa andar. Com uma de cada lado eu

vou largando a carteira, a mochila, os problemas em cima da estante. Uma última olhada nas notificações do celular, deixar no silencioso, desligar.

Então contamos histórias uns para os outros. A mais velha tem sempre uma história de um caso importantíssimo que aconteceu no colégio. Aos dez anos, todas as histórias são importantíssimas. Você acredita que ela disse isso? Aquela outra menina fez isso e aquilo é um absurdo e isso tudo é inacreditável. Aos três anos, as histórias são mais curtas. Hoje foi um coelhinho na escola. Hoje a professora fez trança no meu cabelo. Hoje eu emprestei pra Malu meu "tatisseilo". Que é "travesseiro" em aurorês.

Brincamos de alguma coisa como quebra-cabeça ou dominó do Mickey. A Aurora sempre pega todas as peças que têm a Minnie ou a Margarida. Ela fica com umas 36 peças e eu e a Anita com umas duas. Depois tomamos sopa. Depois lutamos para irem ao banho. A pequena adora que eu a tire do banho fingindo que é um bebê de apenas um ano. Seco a menina, ponho um pijama. Depois brincamos de pega-pega. Depois lemos um livro. Brincamos de fazer sombra no teto com uma lanterna. Desligamos as luzes. Falamos "banoiti", que é "boa-noite" em aurorês. Elas dormem. Eu escapo pra minha cama.

Amanhã vou acordar com o melhor despertador do mundo.

"Pai!".

O PIOR
PAI DO
MUNDO

ESTA SEMANA A AURORA não queria tomar banho e eu, como um bom pai que sou, deixei que ela pulasse o banho por três dias seguidos. Mas ontem, quando a craca começou a ficar visível atrás da orelha, tomei coragem, respirei fundo e disse: "já pro banho". Ao que ela respondeu "NÃO!", e eu e minha mulher nos escondemos embaixo da cama. Depois de três horas, a Aurora nos permitiu sair do quarto. Levo sempre uma barra de chocolate pra esses momentos.

Chocolate é a refeição padrão para uma criança de três anos. Chocolate e bala. E chiclete de sobremesa. E tudo que ela vê no supermercado ela quer comprar. E ela que decide a roupa que vai vestir todos os dias. Esse mês ela está apegada a um vestido rosa com roxo que já vai sozinho pra escola. Minha filha está virando uma selvagem. Uma selvagem de três anos.

"Piangers, você precisa ser firme!", é o que digo pra mim mesmo até ela deitar no chão do shopping chorando porque quer ir na piscina de bolinhas. Firme! É isso que estou sendo! Firmemente, digo que é claro que sim, filhinha, papai já está comprando ingresso. Firmeza: é disso que os pais precisam hoje em dia.

Estou firmemente permitindo que minha filha decida qual canal assistimos na televisão todos os dias. Firmemente aceitando suas demandas alimentares. Firmemente deixando que durma na cama entre mim e minha mulher, impossibilitando qualquer chance de termos outros filhos.

Tenho ainda muitas outras situações pra demonstrar minha firmeza e rigidez, mas prefiro terminar o texto aqui. Em primeiro lugar, porque não quero que venham me considerar o pai mais perfeito do mundo, este encantador de crianças que no fundo acredito que sou. Em segundo lugar, porque minha filha está exigindo o computador pra assistir Peppa Pig no YouTube.

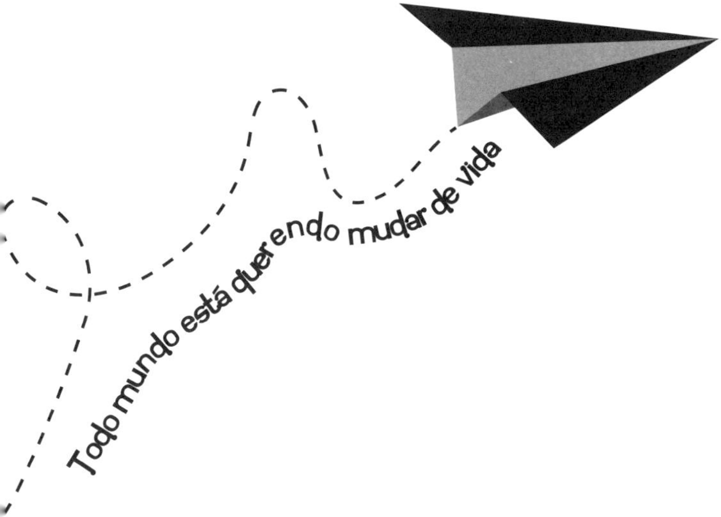

CONVERSANDO COM UM AMIGO ESSES DIAS, carreira bem-sucedida na televisão nacional, trabalho estável em um canal internacional, fiquei surpreso quando ele disse que queria largar tudo. “Estou pensando em abrir uma pousada em uma praia da Bahia, vender uns hambúrgueres. Criar a minha filha na beira do mar”. Um outro amigo já tinha se mandado pros EUA, depois de uma admirável carreira jornalística, para, segundo ele, “fazer qualquer coisa em um país desenvolvido”. Está, agora, vendendo sua própria cerveja em Seattle.

Imagino que não seja uma tendência apenas entre profissionais de comunicação. Com quem quer que eu converse, nos últimos anos, ouço sempre a mesma coisa: “estou querendo largar tudo”. Professoras, contadores, médicos, engenheiros. Todos, até os mais bem-sucedidos, estão pensando em tirar um ano sabático, viajar para a Tailândia, criar os filhos nos Estados Unidos, abrir uma loja de *cupcakes*, tirar cidadania italiana, escrever um livro e viver da renda dos direitos autorais. Não há pra onde eu olhe e veja pessoas satisfeitas. Ou melhor, há.

As pessoas satisfeitas são aquelas que fizeram tudo isso. As pessoas que são donas de um restaurante minúsculo que serve só comida orgânica. As pessoas que trocaram o carro pela bicicleta. As pessoas que estão morando em outro país. As pessoas que pediram demissão. As pessoas que resolveram dizer não pra uma vida medíocre. As pessoas que foram atrás do seu potencial.

Dá um prazer conversar com essas pessoas. Elas são como super-heróis. Olhamos pra elas com admiração, mas sentimos medo de voar. Talvez não seja pra gente. Talvez seja. Todo mundo quer mudar de vida. Fugir do trânsito, da poluição, da violência, da cobrança do chefe, da crise. Todo mundo quer viver uma vida com significado, mais tempo pros filhos, mais tempo pros amigos, mais lazer. Todo mundo está querendo mudar de vida. Talvez não seja pra gente. Talvez seja.

QUAL É A SENSAÇÃO DE TER UM FILHO?

CONTA-SE QUE OS QUE VOLTAVAM do espaço haviam experimentado sensações tão específicas, tão difíceis de explicar para outras pessoas, que se tornavam antissociais. Não conseguiam conversar com outras pessoas sobre assuntos triviais, nem detalhar a extraordinariedade da viagem à lua. É o que a gente sente quando perguntam: "como é ter um filho?". Como explicar algo que não pode ser descrito, apenas sentido? Ter filhos é uma experiência absolutamente comum, e mesmo assim, deslumbrante. Como explicar?

É mais ou menos como aquela sensação reconfortante de tomar um banho quente depois de um dia na praia. Como um cachorro brincalhão que suja a sua roupa antes do trabalho. É sua camiseta da sorte. É seu filme favorito passando hoje à noite na tv. Ter filhos é como uma conexão demorada no aeroporto com uma pessoa com quem você adora conversar. É como um veranico em agosto. É como tomar sorvete em um dia com vento. Como sentir que um gato está gostando do seu carinho. Como levar um gol do seu melhor amigo com um chute no ângulo aos 45 do segundo tempo.

Ter filhos é como sentir o cheiro do bolo que a sua avó fazia, eternamente. Como sentir que a pessoa por quem você está apaixonado talvez goste de você. É como um feriadão na cidade vazia. É como ganhar meias de aniversário da pessoa que você mais ama no mundo. Como uma apresentação da sua banda favorita em uma noite de chuva torrencial. Como alguém que finalmente lhe dá passagem no trânsito.

É como um doce caro que, depois que você experimenta, percebe que vale cada centavo. É como uma viagem de avião na classe econômica para as férias dos seus sonhos. Como um estranho que diz "bom-dia" no meio de um dia estressante. Ter filhos é como uma avenida movimentada em que todos os sinais estão verdes. Como uma praia com ondas perfeitas que você descobriu anos atrás e continua deserta até hoje. É como uma lembrança engraçada de um amigo que está se despedindo para sempre.

Ter filhos é um pequeno desconforto que te lembra todos os dias o sentido da vida. Um sentimento que não se pode explicar, que não se pode entender. Só se pode viver.

Olha,
pai!

MEU FILHO NÃO SAI DO IPAD. Meu filho não sai do videogame. Meu filho não sai do celular. Meu filho não sai da frente da televisão. Nossos filhos não saem de dentro dos aparelhos eletrônicos que compramos com dinheiro suado em dez vezes na loja de departamentos. Nossos filhos lembram alguém?

Lembram nós mesmos. Nós também não saímos da frente do celular. Não desgrudamos os olhos da tv. Estamos sempre no computador. Esses dias aconteceu a cena mais triste e engraçada: minha filha dizia "olha, pai!" pela décima vez, enquanto eu lia *e-mails* do trabalho no celular. Ela, então, veio até a minha frente e se abaixou até ficar atrás do celular, de forma a entrar no meu campo de visão. "Só ficando aqui atrás do celular pra você olhar pra mim".

Foi só mais um tapa na cara do papai, dentre tantos que minha filha me dá. Cada tapa me faz um pai melhor. Passei a notar em casa, no restaurante, nos almoços de família: as crianças dizem "olha, pai!" o tempo todo. Estão pulando em um pé só, olha pai! Estão descendo uma rampa correndo, olha pai! Estão fazendo caretas engraçadas, olha pai!

Nossos filhos não saem da frente dos eletrônicos porque olhamos pouco pra eles. E quando pedimos pra que larguem o celular, o iPad e o *joystick* é pra que eles comam, ou tomem banho, ou façam a tarefa escolar. Todas as atividades chatíssimas para uma criança. Sair do celular pra jantar, faça-me o favor! Nem você faz isso.

Experimente pedir pro seu filho sair do celular para fazer algo com você. Não uma obrigação, mas alguma coisa divertida. Algo que te faça realmente olhar pra ele, prestar atenção no que ele diz e faz. Experimente estar ali de verdade, sem o celular. De forma que ele não vai mais precisar gritar "olha, pai!". Porque você já estará olhando.

VIDA APÓS A MORTE

AS PESSOAS SE PERGUNTAM SE EXISTE VIDA após a morte. Mas é claro que existe vida após a morte. Depois que você morre alguém pega um ônibus do outro lado da cidade. Um senhor de idade compra um jornal. Três amigos bebem no centro. Um bebê que vai ser famoso nasce do outro lado do mundo. Um avião decola com uma senhora apreensiva. Uma criança brinca com areia na praia. Um cachorro passeia feliz. Existe vida depois da morte. Só não pra quem morre. Pra quem morre, acabou.

Eu gostaria de estar errado, é claro. Não acreditar na vida eterna tem desvantagens devastadoras: sei que não represento nada pro mundo. Sei que a minha morte não fará diferença alguma pra história do planeta. Sei que em 150 anos todas as pessoas que eu mais amo estarão mortas. Sei que ninguém vai se lembrar de mim. Não terei entendido a infinitude do espaço sideral. Jamais saberei como o mundo vai ser daqui a mil anos. Essa curiosidade me mata. Entendo quem se recusa a acreditar nisso.

Adoraria estar errado. Fechando os olhos aqui, os abriria lá do outro lado. Diria: "Ufa! Que bom! Eu estava errado!". Ateus entrariam no céu, chocados. Árabes, espíritas, budistas, evangélicos, todos certos, e todos errados ao mesmo tempo. Mas todos bem-vindos. Depois de morto eu viveria pra sempre, acompanhando do céu as minhas filhas crescerem. Adoraria esperá-las nas nuvens, recebê-las na entrada do paraíso, viver eternamente abraçado a elas. Adoraria sentar novamente ao lado do meu vô. Adoraria ver meus amigos que perderam seus pais reencontrá-los. É uma fantasia tão agradável que eu entendo por que faz tanto sucesso.

É claro que existe vida após a morte. Pessoas morrem todos os dias e ainda assim o sol nasce no dia seguinte. Um cachorro se espreguiça. Um homem sai pra trabalhar de moto. Uma menina de onze anos vai pra escola a pé. Um senhor de idade toma seu primeiro banho de mar. Um pai está indo para o hospital ver seu primeiro filho nascer. Começa a chover em uma praia deserta. Uma pessoa lê um livro e, ao ler esta frase, sorri.

A COISA MAIS COMUM DO MUNDO

SER PAI É A COISA MAIS COMUM DO MUNDO. As sete bilhões de pessoas no mundo vieram de um. Não do mesmo cara, imagina o cansaço do sujeito, mas todo nascimento, desses sete bilhões, teve um dedinho de um homem (na verdade outra coisa). Mesmo assim, cada pai é um deslumbrado. Cada descoberta de gravidez é chocante. Cada parto é pateticamente acompanhado por um pai nervoso, atrapalhado, nauseado pelo sangue, dificultando a passagem de médicos e profissionais pela sala de parto. Todo pai é um atrapalhado. O atrapalhado mais comum do mundo.

Mesmo com toda a normalidade do evento, o pai ainda não está preparado. O vô não preparou o pai. Não deixou o pai brincar de boneca quando era criança com medo dele afeminar. Agora o pai tem que aprender a segurar o bebê, a trocar fralda, a dar de mamar. O pai, pateticamente atrapalhado, aprende tudo isso. O pai aprende tudo. A acalmar a criança, a alimentá-la, a fazê-la dormir. O pai aprende a ver a criança crescer. O pai se orgulha com cada conquista infantil.

O pai se emociona com qualquer presente. Qualquer desenho em que a sua cabeça está grande demais, qualquer cartolina escrita "eu te amo". São os presentes mais comuns do mundo, mas para o pai são únicos. O pai se emociona ao ver o filho falar pela primeira vez. Todas as crianças falam, um dia. Mas o pai acha que aquele é um momento histórico. Alguns filmam o filho falando palavras embaralhadas. Alguns pais choram com isso.

O filho irá para a escola e o pai achará que cada nota alta é a prova de que é um filho fora do comum. Na formatura, serão cinquenta formandos, mas o pai achará que o seu filho é especial. Serão cinquenta pais achando que seus cinquenta filhos são extraordinários, inteligentes demais, brilhantes demais. Todo final de semestre, milhões de alunos se formam no mundo. E milhões de pais acreditam que aquele é um momento único.

Ser pai é a coisa mais comum do mundo. Todos os dias nascem crianças, crescem jovens, formam-se adultos. Todos os dias a paternidade se torna cada vez mais trivial, mais corriqueira. Ainda assim, cada pai se sente especial. Cada pai se emociona com cada momento comum. Todo pai é um apaixonado por banalidades. Como quando seu filho aprende a dirigir. Como quando seu filho se casa. Como quando seu filho terá um filho.

Ser pai é a coisa mais comum do mundo. E, ainda assim, cada pai acha que é extraordinário. Porque, na verdade, é mesmo.

PERÍODO

DE FÉRIAS

O PERÍODO DE FÉRIAS ESCOLARES pode ser uma alegria para a criançada, mas é um momento tenso para os pais. Apesar das crianças estarem com todo o tempo livre do mundo, continuamos com nossos trabalhos, nossas reuniões, nossos relatórios para entregar. Por isso criamos colônias de férias e cinemas 3D no shopping e condomínios em que as crianças possam brincar entre elas. E sogras. Sogras são uma ajuda divina na época de férias escolares. Nunca mais reclame de sogras que moram perto.

Inventamos também pacotes de bolacha e Netflix. Essa combinação possibilita horas de tranquilidade: a Galinha Pintadinha ou o Ben 10 em fluxo contínuo na televisão e um pacote de bolachas permitem que você tenha um dia tranquilo de trabalho. Ou uma semana, talvez um mês. Um casal de amigos viajou para a Europa por vinte dias e deixou os filhos em casa, graças ao Netflix com bolacha de chocolate. (É ficção, gente. Por favor, não tentem fazer isso. Não com esse câmbio altíssimo.)

E claro: há, também, as férias conjuntas. A família toda combina de tirar férias ao mesmo tempo. Aí, é como naquela piada daquele comediante americano. Você arruma as malas com as crianças pulando ao seu redor, arruma as crianças, arruma as mamadeiras, ajuda a mulher com a tralha. Coloca as malas no carro, a bola de praia, a cadeira e o guarda-sol, a criança menor na cadeirinha, a filha adolescente reclamando de tudo.

Você fecha o porta-malas. Ajuda sua mulher a entrar pela porta do carona. A família toda está dentro do carro. Lá dentro conversam e choram e gritam. Você dá a volta no carro para entrar pela porta do motorista. E aquela volta no carro é o que pode se chamar de férias.

Por que gosto de crianças

AS PESSOAS ME PERGUNTAM por que gosto tanto de crianças.

Desde que eu era uma, adorava aquilo. Crianças riem por qualquer coisa, se permitem estupidezes, estão sempre correndo. São curiosas. Perguntam "por quê?" e quando recebem alguma resposta perguntam "por quê?" de novo. E de novo. E de novo. Divertem-se com coisas simples. Qualquer galho vira uma espada, qualquer tampa de caneta vira uma nave. Não vivem com medo do que as outras pessoas vão pensar.

Eu era assim. Gostava de me divertir. Gostava de rir das coisas, de fazer piadas. Mas, à medida que fui crescendo, fazer piadas ia incomodando minha mãe. "Na frente das outras pessoas", dizia ela,

os colegas com dificuldades, tente explicar de uma forma paciente. Não tenha prazer em constranger outras pessoas. Já fiz isso e não me orgulho. Não é uma boa sensação no longo prazo.

Sei que, por alguns anos, você vai achar o mundo um lugar estúpido. As conversas de elevador são estúpidas, as perguntas nas provas são estúpidas, as ideias dos chefes são estúpidas. Você realmente sabe mais do que todo mundo. Você tem soluções melhores, tomaria decisões melhores, conversaria sobre coisas mais importantes. Mas quero que você finja. Quero que você seja convincente em considerar outras pessoas valiosas. Quero que ouça suas conversas vazias com atenção. Quero que faça perguntas, que os faça se sentir importantes.

Quero que você finja ser doce, quando não tiver vontade. Que finja que tem prazer em segurar a porta para os outros, em ajudar nas compras, em ouvir histórias de pessoas idosas. Quando não sentir vontade, diga "fale-me mais sobre isso". Converse com as pessoas sem olhar para o celular. Quero que você finja que se importa. Que finja que se preocupa. Que seja cortês, mesmo quando ninguém devolver cortesias.

Quero que você finja. Que se torne perita em simular doçuras. Que seja ótima em praticar bondades, em estabelecer empatias. Você já terá sido muito melhor do que eu. E quando menos notar, será aquilo que fingia ser. Será doce, bondosa e atenciosa. Receberá carinho de todos. E encontrará pessoas mais jovens do que você, mais cínicas e presunçosas. E espero que elas digam: "Muito obrigado, senhora. Seu elogio é muito importante pra mim". E espero que você acredite.

NÃO SOU ADEPTO DO método antroposófico de educação, nem do método da palmada. Simpatizo mais com o primeiro e, de vez em quando, me seguro pra não usar o segundo.

Antes de ter filhos, quando via uma criança jogada no chão do supermercado chorando por qualquer motivo, pensava: "Esse pai não impõe limites ao filho. Está tendo o que merece". Agora, que tenho duas crianças, vejo a cena e penso: "Coitado desse pobre pai que sofre nas mãos insensíveis desse pequeno vilão". Estou do lado dos pais, decidam eles o método apropriado.

Tenho um casal de amigos que na época da gestação ganhou um livro chamado *Crianças francesas não fazem manha*. Eles tinham certeza de que, quando o bebê nascesse, usariam esse método. Nada de atender berros. Às oito horas da noite colocariam o bebê no berço e ele dormiria sozinho. "Os franceses conseguem jantar tranquilamente em restaurantes com seus filhos, que ficam comportadamente sentados esperando a hora de ir embora". Aparentemente, espaço *kids* é pra fracos.

Levei um susto esses dias quando os reencontrei e, pra qualquer chorinho, minha amiga corria para acudir o neném. "Não tem jeito. Brasileiro é muito emocional. A gente é muito mais carinhoso do que os franceses", explicou minha amiga, colocando na conta da diferença cultural.

Por outro lado, uma amiga idealizava a educação liberal, aquela em que não se pode dizer "não" para a criança. Funcionou até ela conhecer os coleguinhas da escola. Do jeito que ela contou pareciam pequenos terroristas. "Uma mistura de Carrossel com Estado Islâmico!", disse-me com os olhos assustados.

Pais passam a vida tentando achar o meio-termo. Quero que minhas filhas explorem suas capacidades criativas, desde que não seja desenhando na parede de casa. Quero que verbalizem o que pensam, desde que não seja no meio da madrugada. Quero que expressem seus sentimentos, desde que não seja deitadas no meio de um supermercado lotado.

O QUE NINGUÉM CONTA

É FÁCIL SE EMOCIONAR COM a relação entre pais e filhos. Crianças são fofas, engraçadas, inteligentes. Pais se identificam com momentos especiais, como o nascimento, os primeiros passos, os dentes nascendo. São momentos bobos, mas emocionantes. Curto todas as fotos de crianças nas redes sociais, indiscriminadamente. Acho a coisa mais bonita do mundo. Mas sei que existe um lado que ninguém mostra: os momentos difíceis da paternidade. E são vários.

Por mais que você tenha lido alguns livros e acompanhado os amigos que têm filhos nas redes sociais, nada prepara você para a primeira noite sozinho com seu filho. Aquela minipessoa irá chorar, fazer xixi e cocô e não irá dormir, e ninguém nunca colocou isso no Instagram. Você vai achar que acontece só com você. Que você é um péssimo pai. Depois os filhos vão crescendo e, de novo, irão aparecer momentos complicados.

Tentar colocar as crianças no banho. Tentar fazê-las escovar os dentes. Tentar fazê-las andar mais rápido quando você está com pressa. Tentar fazê-las dormir. E o pior de todos: tentar fazê-las comer.

Tentamos de tudo. Arroz colorido, legumes disfarçados, promessas de que vai ficar forte. "Come só esse pouquinho", imploramos. Pra cada colherada, a criança quer passear, caminhar enquanto mastiga. Volta depois de quinze minutos pra mais uma colherada. A comida está fria. Vinte segundos no micro-ondas. Só mais uma colherinha! O almoço dura horas, às vezes dias. Ficamos velhos tentando fazer uma criança comer.

Apelamos para a televisão. Enquanto estão hipnotizados pela Peppa Pig vamos enchendo colheres de comida e lentamente colocando-as perto da boca da criança. Ela abre, instintivamente. Começa a mastigar a comida lentamente. Eventualmente, percebe que está mastigando a comida, faz cara de nojo e devolve o conteúdo no prato. Alguns pais (prepare o estômago) comem o resto dos filhos, inclusive essas colheradas mastigadas.

Ninguém conta essas histórias dramáticas. Ninguém posta vídeos desses momentos no YouTube. As redes sociais mostram apenas sorrisos e soninhos. Fotos lindas que eu curtirei indiscriminadamente, enquanto tento alimentar as minhas crianças.

PERDEREMOS NOSSOS FILHOS

SE VOCÊ SE ESFORÇAR BASTANTE conseguirá manter seu emprego por vinte, talvez trinta anos. O mesmo vale para o casamento. Com muita dedicação, chegará às bodas de diamante, passará uma vida ao lado de alguém. A saúde também pode durar décadas. Você pode chegar até os cem anos, basta uma série de privações e abandonar por completo tudo aquilo que te faria querer viver até os cem anos. Mas há uma coisa que não se consegue manter, independente de esforço ou dedicação.

Pai algum consegue manter seus filhos pequenos. Inevitavelmente, eles crescem e dolorosamente se envergonham da época em que eram crianças. Se antes adoravam dormir na mesma cama, agora querem um quarto só pra eles. Se antes pediam companhia para desenhar, agora querem o próprio smartphone. Se antes queriam histórias antes de dormir, agora voltarão tarde de carona com amigos.

Pedirão para que os pais não os deixem muito perto da escola. Que não apareçam nas festas para buscá-los. Que não atendam o telefone quando os amigos ligarem. Que viajem mais e deixem a casa disponível. O filho vai te expulsando da sua própria casa. Vai sistematicamente dizendo que você o constrange. Que agora ele sabe se cuidar sozinho, desde que você deixe algum dinheiro em cima da mesa. Não importa o quanto se esforce, você perderá seus filhos em algum momento da vida.

Que se lembrem das fraldas, das mamadeiras, das madrugadas. Que se lembrem dos beijos nos machucados. Das vezes em que você correu pra ajudar. Dos presentes de aniversários, parcelados em dez vezes. Que se lembrem dos sacrifícios e dos abraços. E que um dia sintam saudade e voltem. Estaremos sempre aqui.

MINHA FILHA APARECEU ESSES DIAS com essa história, de um monstro chamado Beleléu. Aprendeu na escola. O Beleléu é um monstro que rouba os brinquedos das crianças caso elas não arrumem as coisas depois de brincar. Imagino que este era o objetivo, e funcionou espetacularmente: minha filha não deixa mais nada espalhado na sala. Nenhum jogo de tabuleiro no chão do quarto. Nenhum baralho da Frozen espalhado embaixo do sofá. Nenhuma peça de lego posicionada estrategicamente pra eu pisar quando estou descalço.

É um *upgrade* considerável na nossa batalha diária de fazer a menina arrumar suas coisas. Pensei até em inventar um monstro que pega crianças que não tomam banho. Preciso de um monstro que roube a língua de quem não come todo o arroz com feijão. Por favor, um monstro que deixa careca a criança que chora e dá vexame no meio do shopping!

Pena que não vai servir. Porque é mentira. Quer dizer, acho que é mentira. Nunca se sabe. Mas, até onde eu sei, ela vai ter que arrumar os brinquedos porque é a coisa certa a ser feita. Não por causa do Beleléu. E eu vou ter que convencê-la a tomar banho e a comer e a dormir e a se comportar. Dá mais trabalho, mas é verdade.

Quero que ela acredite em mim pra sempre. Quando eu disser que ela precisa me dar a mão pra atravessar a rua. Ou que brócolis faz bem, apesar do gosto. E vacina, apesar da dor. E que tenha cuidado com assaltantes. O mundo já está cheio de monstros.

Evidentemente, tenho alguns deslizes. Digo, às vezes, que ela é a menina mais linda do mundo. Não conheço todas as meninas do mundo, mas acredito nessa mentira. Eventualmente digo que ela é muito inteligente, que é incrível que ela conte até dez aos três anos de idade. Não tenho certeza, mas falo mesmo assim.

Minto que, se ela comer toda a janta, vai ficar forte imediatamente. Ela, então, mostra os bracinhos firmes depois de cada colherada. Digo que meu beijo tem o poder de tirar a dor de qualquer machucado. E ela acredita. E realmente funciona. Então, tenho certeza de que é tudo verdade. Se for pra acreditar em uma lenda, que seja essa.

O PAI DA GABRIELA

SEMPRE QUE IA DEIXAR MINHA FILHA na escolinha, vinha aquela menina de cabelo crespo. O nome dela é Gabriela. Enquanto dava tchau pra minha filha, a Gabriela sempre puxava papo, sobre os mais diversos assuntos. "Aquele é o seu carro?", ela perguntava. "Sim", eu respondia. "O do meu pai é melhor". Aquilo me deixou meio constrangido. "O carro do meu pai é bem grandão. E superbonito", disse a Gabriela.

Com o tempo percebi que o objetivo da Gabriela era me desmoralizar. Só pode. Eu dando beijos de despedida na minha pequena e lá vinha ela. "Você é magro", me disse uma vez. "Você acha? Até que estou me achando barrigudo", eu disse. "Meu pai é forte. Ele consegue me levantar com um braço só", ela falou. E assim era quase todo dia. "Meu pai tem um trabalho superbom". "Meu pai comprou uma casa enorme". "Meu pai se veste melhor que você".

Era como se a Gabriela fizesse *bullying* comigo. Comecei a evitar despedidas longas na frente do portão da escola, só pra não ser agredido pela Gabriela. Eu estava cansado de ser comparado com o pai da menina. Comecei a imaginar aquele cara, mais forte do que eu, mais bem-sucedido. Carro melhor, cabelo melhor, sorriso mais bonito. "Meu pai não tem essa barba feia", ela disse pra mim uma vez, olhando meu cavanhaque. O pai da Gabriela era uma mistura de Rodrigo Hilbert com George Clooney.

Passei a evitar a saída da escola. Incomodava-me a possibilidade de encontrar o pai da Gabriela. Será que ele também iria me humilhar, como a filha tinha feito durante quase um semestre? Aquele homem carismático e charmoso iria apertar minha mão e dizer: "Você deve ser o barbudo raquítico de quem minha filha tanto fala!". Até que um dia vi a Gabriela no colo de um homem. Os dois se abraçando, o olho da Gabriela brilhando enquanto olhava pra ele.

Era um sujeito baixinho. Usava um terno maior do que devia, a bainha estava mal cortada. Era meio careca na região da testa, o nariz certamente não poderia ser chamado de pequeno. Estava feliz com a Gabriela no colo. Cumprimentou-me rapidamente. Carregando mochila e brinquedos, dava beijos na barriga da filha, que gargalhava. Entraram os dois num Corsa sedan. E foram embora, sorrindo os dois. Gabriela e seu herói.

O PODER DO "EU TE AMO"

"TUAS FILHAS TE ACHAM BONITA?", a Anita perguntou pra uma amiga nossa. A Anita tem esse dom de fazer perguntas constrangedoras e aguardar a resposta sem esboçar nenhuma vergonha, enquanto eu enrubesço. "Não, eu acho que elas não me acham muito bonita, não". Nossa amiga estava em um dia de autoestima lá embaixo. A Anita, sem notar problema no diálogo, emendou: "Mas tu faz carinho nelas? Tu fala que ama elas? Porque isso faz toda a diferença pra te acharem bonita". Não sei onde ela aprendeu isso, mas faz todo sentido. O "eu te amo" tem poder.

O "eu te amo" muda vidas. O "eu te amo" causa explosões e pernas bambas. Um "eu te amo" não dito pode ser a vida que podia ter sido e não foi. O "eu te amo" muda histórias, deixa pessoas mais confiantes, massageia o espírito. Casais ficarão juntos, filhos se sentirão confortáveis. Pais ouvirão "eu também te amo". Às vezes, digo "eu te amo" só pra receber um de volta. O "eu te amo" melhorou minha relação com a minha mãe. Às vezes, insisto em dizer, mesmo que esteja meio cansado das ligações dela no meu telefone fixo. Telefone fixo só serve pra ligação de mãe e telemarketing.

Há quem se assuste e saia correndo. Há quem tenha medo do "eu te amo". Não sei o que pensam estes, se acham que não merecem, se não querem se envolver com essas profundidades emocionais. Mas eu sou fã do "eu te amo". Digo o tempo todo, pra minha mulher, mãe, filhas. Digo mesmo quando não estou lá explodindo de amor. Digo pra reforçar pra mim mesmo. Digo pra quem não tem muito acesso a "eu te amo". Uma espécie de distribuição de renda, uma bolsa eu te amo. Certa vez, disse até pra um garçom que era realmente muito competente na arte de tirar e servir chopes gelados. "Eu te amo, bicho". Ele achou estranho, mas agradeceu.

Lembro quando falei "eu te amo" pela primeira vez pra minha madrinha. Ela ficou muito emocionada. Agora, fala "eu te amo" sempre que conversamos. Lembro quando minha filha disse "eu te amo" pela primeira vez pro meu sogro. Avesso a sentimentalismos, o velho começou a chorar. Disse que deveria ter dito mais isso aos filhos. Mas achou que já era muito tarde pra começar e ele não quis passar a distribuir "eu te amo", assim, sem mais nem menos. Acho que ele tentava, mas ficava constrangido.

O "eu te amo" constrange. O "eu te amo" liberta.

Nunca é tarde pra começar a praticar.

ANO NOVO, NOTAS NOVAS

QUANDO SAÍ DE FÉRIAS, no começo do mês passado, adiantei meu trabalho de colunista, produzi seis textos e enviei aos editores do jornal. A produção em série ajuda a explicar a falta de qualidade dos textos – mas não pode ser a única explicação, já que estou escrevendo este texto com bastante tempo livre, sem pressão, e este também não está ficando nenhum primor.

O caso é que sempre tenho textos guardados para momentos de necessidade, seja em caso de bloqueio criativo ou em caso de praia. Guardo-os no bloco de notas do celular, junto com outras informações que você só precisa quando não tem, como o CEP do endereço da casa da minha mãe e o número do cartão fidelidade da farmácia.

E agora, tudo se foi.

O que aconteceu é que, fenômeno moderno, para conseguir ter uma refeição tranquila em um restaurante na beira do mar, os pais dão aos filhos pequenos seus celulares. Aos 3 anos as crianças já conseguem escolher os vídeos do YouTube, brincar com os jogos da Toca, essas coisas que nos permitem minutos de sossego, entre uma garfada e outra. Algo comum, não é diferente nos meus jantares.

A questão é que minha filha está aprendendo a escrever o próprio nome e abriu o bloco de notas para treinar. Aurora aurora aurora. Uma atrás da outra. Quando cansa coloca uns emojis. Sempre usa os de flor, coração e, gordinha que é, aquele do pirulito. Depois, Aurora aurora aurora. Então, olhou para todas as minhas notas, todas as ideias de futuras colunas, frases engraçadas, notícias que poderiam render reflexões, notas com o CEP do endereço da minha mãe. E foi apagando, nota por nota.

Meu bloco de notas agora está vazio. Quero dizer, agora tem apenas este texto aqui. Publiquem-no logo, antes que a Aurora pegue meu celular, em um próximo jantar.

AURORA

AURORA

AURORA

AURORA

Não estou aqui querendo que minhas filhas sejam maduras o suficiente para encerrarem brincadeiras de forma objetiva, nem mesmo pedindo para que aos três anos uma pessoa entenda que não há diversão sem alguém pra pagar as contas. Mas será que é muito difícil ensinar para crianças o conceito de "chega"? Porque, lá em casa, se começamos uma brincadeira, certamente ficarei preso em um vórtex infinito de "de novo!".

Esses dias, sem querer, passei correndo por um quebra-molas. Na cadeirinha, minha filha gargalhou. E pediu: "De novo!". Se algo faz uma criança rir ela irá pedir pra repetir. Expliquei que era muito perigoso passar correndo por um quebra-molas em velocidade. E ela: "De novo! De novo!". Seu guarda, por favor, explique pra menina que não posso.

E quando, ao sair pra trabalhar, resolvi fazer uma última brincadeira? Dei tchau, fechei a porta, e logo em seguida abri novamente, gritando: "Buuuuuuuu!". Ela gargalhou. E ficou me olhando com aqueles olhinhos. "De novo!", pediu. Fiz uma, duas, três vezes. "De novo! De novo! De novo!". Quatro, cinco, seis vezes. "De novo!". Não há dia, agora, em que eu saia pela porta e ela não fique esperando a minha volta.

Um amigo fez a festa de aniversário de cinco anos da filha. Com muito esforço contratou duas meninas para aparecerem na festa vestidas de Frozen. Foi o dia mais feliz para a filha do sujeito. Agora a pequena quer que as princesas de Arendelle venham todo dia. "Onde estão elas, pai? Não gostam mais de mim? De novo! De novo! De novo!".

A paternidade tem esses momentos em que você prefere chegar atrasado ao trabalho em troca de umas risadinhas. Em que você tem que contratar as princesas de Frozen pelo menos uma vez por mês. Fazemos isso porque, no fundo, é uma espécie de pagamento. Pra cada "de novo!", ouvimos "eu te amo!". E sabemos que irão crescer. Ficarão adolescentes. Dirão cada vez menos "de novol". Irão viajar com os amigos, morarão longe. E, ao nos darem um beijo de despedida, olharemos pra eles e diremos: "De novo!".

Meu texto póstumo

SEMPRE QUE VOU PEGAR UM AVIÃO fico achando que é meu último texto. Estou indo pegar um avião agora. Se este for, realmente, meu texto póstumo, imagino que fará um sucesso incrível na internet. Cheio de pressentimentos e sensibilidades. Então, imagino que tenha que escrever algo importante aqui, já que é meu texto cabal. Farei, portanto, uma lista de coisas que eu gostaria que tivessem me dito antes.

Não comece a fumar. Ligue mais pra sua mãe. Você nunca sabe quando ela vai se despedir. Abrace suas pessoas favoritas. Diga que elas são importantes. Beba menos cerveja. Baixe a tampa da privada depois de usar. More em um lugar onde seja possível fazer barulho depois das dez. Leia apenas livros que você não consegue largar. Não ligue para a opinião de quem não gosta de você, mas se esforce todos os dias para valorizar as pessoas que te amam. Seja gentil.

Não perca tempo. Tempo é a coisa mais importante. Não perca tempo fazendo coisas que você não gosta. Não se sinta mal de parar um livro no meio. Não se sinta mal de largar más companhias. Não leia notícias sobre violência urbana, porque elas vão te dar medo de sair de casa. Não leia notícias sobre política, porque elas vão te deixar desanimado. Leia os quadrinhos. Não seja malvado.

Facilite o troco. Não dirija com sono. Tente mudar aquilo que você discorda. Se perceber que está errado, mude de opinião. Escove os dentes. Passe fio dental. Pegue a estrada fora dos horários de pico. Tome água. Passe o máximo de tempo com a sua família. Ser bem-sucedido não tem a ver com abandonar sua família. Tem a ver com abandonar todo o resto. Abandone todo o resto.

E, se nada der certo, respire fundo. Ninguém é feliz como parece. Todo mundo tem problemas. A vida real não tem filtro de Instagram.

DE NOVO!

De novo!

DE NOVO!

DE NOVO!

DE NOVO!

DE NOVO!

De novo!

De novo!

De novo!

DE NOVO!

DE NOVO!

De novo!

De novo!

DE NOVO!

DE NOVO!

DE NOVO!

DE NOVO!

De novo!

DE NOVO!

DE NOVO!

DE NOVO!

De novo!

DE NOVO!

De novo!

De novo!

De novo!

DE NOVO!

De novo!

DE NOVO!

DE NOVO!

DE NOVO!

De novo!

DE NOVO!

enovo!

De novo!

DE NOVO!

De novo!

DE NOVO!

De novo!

DE NOVO!

De novo!

DE NOVO!

De novo!

DE NOVO!

De novo!

De novo!

DE NOVO!

DE NOVO!

De novo!

De novo!

De novo!

DE NOVO!

De novo!

De novo!

DE NOVO!

PINTE E RECORTE ESSES BIGODES E FAÇA FOTOS LEGAIS PRA POSTAR NAS REDES.

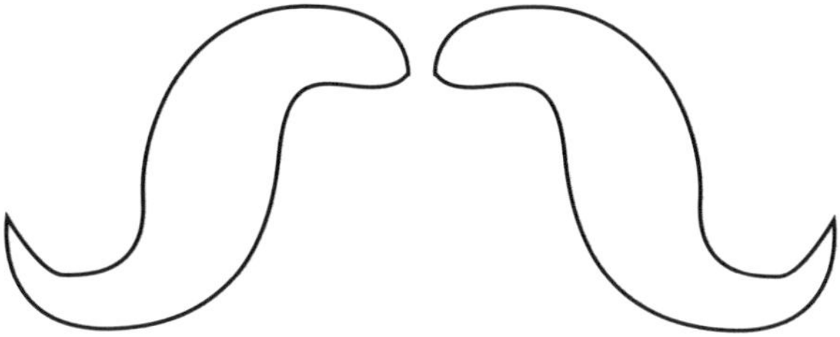

CONHEÇA TODA A FAMÍLIA POP!

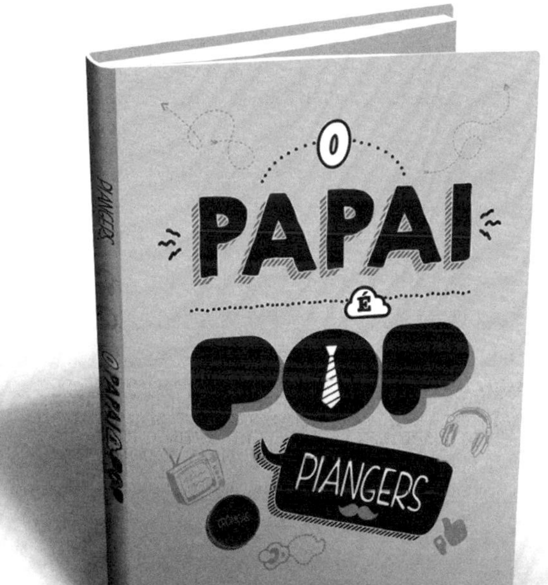

CONHEÇA O OUTRO LADO DA FAMÍLIA DO PAPAI É POP!
A MAMÃE É ROCK
ANA CARDOSO

O
PAPAI
É
POP
EM QUADRINHOS
BelasLetras

SE VOCÊ GOSTOU DA
FAMÍLIA POP, VAI GOSTAR
DESTE TAMBÉM.

MARCOS PIANGERS

é jornalista e dá palestras por todo o Brasil sobre as mudanças tecnológicas e as relações familiares. Trabalha com comunicação e plataformas digitais desde 2001. Nascido em Florianópolis, em 2006 se mudou para Porto Alegre para participar do programa Pretinho Básico, um fenômeno de audiência. Em 2017, foi morar em Curitiba com a família. Publicou *O papai é pop* em 2015, pela Belas Letras, livro que virou best-seller com mais de 150 mil exemplares vendidos, lançado também em inglês e espanhol. Agora o papai pop voltou, atendendo a insistentes pedidos, principalmente da mais nova, a Aurora (De novo! De novo! De novo!).

MarcosPiangers
piangers.com.br
piangers

MUITO OBRIGADO POR COMPRAR ESTE LIVRO!

A família Piangers doa sua parte nos lucros da venda deste livro para instituições que ajudam crianças em situação de fragilidade social.

/MARCOSPIANGERS

Para cada produto comprado, a Belas-Letras doa outro para bibliotecas que precisam.

CONHEÇA NOSSO PROJETO:
WWW.BELASLETRAS.COM.BR

IMPRESSÃO:

GRÁFICA EDITORA
Pallotti
IMAGEM DE QUALIDADE

Santa Maria - RS - Fone/Fax: (55) 3220.4500
www.pallotti.com.br